Agathe und der Weihnachtbaum

von
Claudia J. Schulze

Herstellung und Vertrieb
BOD Books on Demand Norderstedt
© Claudia J. Schulze,
Bilder von Mike Crawley, Lexington U.S.A. und
Franz Kindermann, Bodenmais
Lektorat: Matthias Ziebarth, Frankfurt

ISBN: 9783744875448

Für Agathe

Etwas mitnehmen
von der einen in die andere Welt –
das, so sagt man, können wir nicht.
Doch da gibt es etwas,
das uns aufnimmt,
mitnimmt,
wenn wir gehen.
Etwas, das uns hinüberträgt
auf dem Mittler zwischen den Welten,
dem ruhigen Strahl der Liebe,
die wie gaben und empfingen

Die alte Frau, vor der alle zunächst ein wenig Angst hatten, lebte abseits des Stadtrandes in einem einsamen Haus am Wald. Vielleicht fürchtete man sich schon deshalb vor ihr.

Hinzu kam, dass sie, noch lange über den November hinaus, ausgeschnitzte Kürbisse auf ihrer Veranda stehen hatte, und dass Korax, ein alter Rabe mit seinem prächtigen Sohn Krakan und seiner schönen Tochter Kiara, oft bei ihr auf der Veranda saßen. Kiara war besonders klein, doch ihre Augen waren viel größer als die der anderen Raben. Krakan war neben Kieran der prächtigste Rabe weit und breit, und Korax war unschwer an seinem einstmals gebrochenen, glänzend-schwarzem Flügel zu erkennen. Eine seltsame, einsame alte Frau am Waldrand umringt von Kürbissen und Raben, das konnte schon für Gesprächs-stoff sorgen. Natürlich nannte man sie, nicht nur im Geheimen, eine Hexe, und selbst-verständlich verbot man jedem, so auch mir, sich ihrem Haus zu nähern.

Obwohl ich fast 13 Jahre alt bin - und damit beinahe erwachsen - befolgte ich das Verbot genau, da meine Angst größer war als meine Neugierde.

Jedenfalls bis zu dem Tag, an dem ich Korax begegnete.

Im Grunde konnte man es eigentlich nicht einmal begegnen nennen.

Der Rabe näherte sich mir nicht weniger als fünf Meter. Immer wenn ich einen Schritt auf ihn zukam, wich er zurück. Ich weiß nicht warum, doch ich versuchte es immer wieder – und immer wieder wich er zurück.

Es sah aus wie ein seltsamer, und dennoch nicht zufälliger Tanz, als hätten wir es genau einstudiert. Vielleicht war das sogar so - zumindest von seiner Seite aus - denn so, als hätte er es als eine Art Spiel geplant, lockte er mich mit diesem Tanz bis an das Haus der alten Frau.

Als ich die Kürbisse auf der Veranda erblickte und zu begreifen begann, wo ich war, wollte ich umdrehen. Doch Korax und die zwei anderen Raben, die ebenfalls auf der Veranda saßen, schimpften im Chor, so als ahnten sie, was ich vorhatte. Vor Schreck blieb ich stehen.

Und da kam sie auch schon aus dem Haus. Wie eine Hexe sah sie gar nicht aus.

Eher wie eine dieser zarten, zerbrechlichen alten Puppen, denen die Zeit kleine Risse auf die Haut gezeichnet hatte. Sie nickte mir freundlich zu und setzte sich auf ihren Stuhl. Da sie klein war, baumelten ihre Beine in der Luft. Nichts an ihr wirkte beängstigend. Im Gegenteil. Alles an ihr schien von besonderer Zartheit und Liebenswürdigkeit zu sein.

Ich weiß nicht warum, aber ich setzte mich zu ihr auf die Veranda. Neben den Kürbissen gab es noch einen Platz für mich, und ich bin froh, dass ich damals nicht weggelaufen bin.

Denn wie sonst hätte ich vom Geheimnis der Kürbisse und all den anderen Dingen erfahren können? Die kleine alte Frau erzählte mir davon, und ich musste ihr versprechen es in die Welt zu tragen. Vom Geheimnis der Kürbisse erzählte sie mir und viele weitere Geschichten. Da sie schon sehr alt war, blieb der Stuhl vor ihrem Haus irgendwann leer. Vielleicht hängt es damit zusammen, dass ich auch heute noch leere Stühle so schwer ertragen kann, denn noch immer denke ich voller Entsetzen an diesen Tag.

Auch Korax starb, nur kurz nach ihr. Jemand hatte behauptet, dass Raben fast 60 Jahre alt werden könnten, wenn sie nur wollten.

Ich weiß, dass sie alt werden können, doch das mit den 60 Jahren habe ich nie geglaubt. Doch eines war mit Sicherheit genauso wie ich es euch sage. Als Korax starb, kamen alle Raben des Umkreises, um ihn zu beklagen. Sie saßen in den Bäumen rund um das Haus, in dem die alte Frau, namens Agathe, gewohnt hatte, und krächzten ihre Trauer laut hörbar in den Wald hinein. Kieran, Kiara und ich haben uns fest versprochen die Erinnerung an sie beide zu bewahren und ihre Geschichten mit vielen zu teilen. Jeder auf seine Art. Es ist keine alltägliche Geschichte, und ich finde, sie sollte unter keinen Umständen in Vergessenheit geraten. Nicht diese einzigartige Geschichte und nicht diese besondere Frau! Noch nicht einmal den Tag, an dem ich ausgerechnet ihre verbeulte Blaubeerkanne im Wald gestohlen hatte, hatte sie mir übel genommen.

Ich möchte das Andenken an die alte Frau in mir bewahren.

An all das, wofür sie stand. Natürlich ist es schon so, dass im Grunde jeder Mensch etwas Besonderes ist. Und dazu gehört auch, dass es die Geschichte jedes Menschen verdient hätte aufgeschrieben zu werden. Doch das liegt nicht im Bereich dessen, was mir möglich ist. Und so beschränke ich mich auf das, was ich kann, nämlich diese Geschichte hier davor zu bewahren in Vergessenheit zu geraten.

Manchmal ist es das Einzige, was man überhaupt tun kann. Und selbst wenn es einem ab und zu so vorkommt, als sei dies nicht gerade viel, so muss ich dem zugleich auch widersprechen. Ich finde nämlich schon, dass es etwas ist. Vielleicht ist es nicht viel, das kann schon sein. Aber es ist *ETWAS*. Und dieses *ETWAS* kann manchmal eben doch ganz schön wichtig sein. Es gab nichts, worüber man mit ihr nicht sprechen konnte, und auch andersherum galt das uneingeschränkt.

Agathe sprach über Dinge, die andere wohl nicht so offen ausgesprochen hätten.

So sprach sie auch über den Tod. Sie sagte, dass er zum Leben gehöre, und dass es keine Schande sei ihn ab und an zu erwähnen. Doch damit hatte sie sich natürlich nicht nur Freunde gemacht. Im Gegenteil. Mir persönlich gefiel Agathe, doch viele fanden, dass man, insbesondere in der Gegenwart von Kindern, nicht über den Tod sprechen sollte. Ganz so als sei das etwas Unanständiges. Vielleicht weil man dachte, dass Kindern so etwas erspart werden sollte.

Und es gelang Agathe auf unerklärliche Weise vieles miteinander zu verbinden.

Vielleicht hing das damit zusammen, dass sie einfach alles verstand.

Ihr konnte man Dinge erzählen, die man jemand anderem mit Sicherheit verschwiegen hätte.

So wie damals, als ich über einen Stein gestolpert war, und dabei ein klein wenig aus mir selbst herausgefallen war. Wem sonst als Agathe hätte man so etwas erzählen können?

Somit verband sie etwas, das sonst getrennt, aufgebrochen geblieben wäre.

Die Kinder in der Gegend liebten sie nach und nach alle. Obwohl sie von so vielen anderen, vor allem den Erwachsenen, gemieden wurde. Wie überall auf der Welt hatten die Verbote Agathe zu besuchen nur dazu geführt, dass sich die Kinder ihrem Haus umso neugieriger genähert hatten. Doch davon wussten die Eltern nichts. Erwachsene schätzen es in der Regel nicht, wenn sich jemand zu stark von ihnen selbst unterscheidet. Und dennoch. Wie genau sie das anstellte, kann ich bis heute nicht sagen. Doch den Erfolg, den sie im Zusammenführen verschiedenster Menschen hatte, diese Gabe zeigte sich sogar noch viele Jahre nach ihrem Tod. Agathe, so war der Name der alten Frau, hörte mir zu, zumeist zufrieden auf ihrem mit Decken verhüllten Schaukelstuhl sitzend, von wo aus ihre dünnen Beinchen herabbaumelten, als sei sie eine winzige, alte kleine Puppe.

Ihre Augen waren hell und klar, und wenn man sie ansah, wusste man, dass sie ganz genau auf jedes der Worte achtete, welche man ihr anvertraute, und dass sie einer der Menschen war, die einen nicht zu schnell zu verstehen glaubten. Sie nahm sich Zeit. Ich spürte, dass sie sich wirklich Mühe gab mich zu verstehen. Und sie nahm sich viele lange Minuten, manchmal Stunden, dazu. Daher gab auch ich mir mit ihr Mühe. Kein einziges Mal versuchte ich sie mit etwas abzuspeisen, indem ich etwas Entsprechendes sagte. Nicht ein einziges Mal.

Oft vergingen Stunden, in denen wir gemeinsam da saßen, ohne dass jemand etwas sagte. Man musste nicht einmal so tun als sei man gut gelaunt oder gar witzig. Einfach nur dasitzen konnte man mit ihr. Das gefiel mir. Nur das Krächzen der Raben, die sehr häufig in der Nähe des Häuschens waren, unterbrach die Stille gelegentlich. Diese Ruhe und der Frieden dort zogen mich immer wieder zu ihr und ihrem Haus hin. An manchen Tagen galt das besonders. Während des wöchentlichen Religionsunterrichts war an einem Tag plötzlich eine derartig rasende Wut in mir aufgekommen, die es unbedingt nötig machte, dass ich auf dem Rückweg bei Agathe vorbeischaute. Diese saß diesmal ausnahmsweise nicht in ihrem geliebten Schaukelstuhl sondern klopfte lautstark Nägel in die dunklen Balken vor ihrer so abenteuerlich-morschen Veranda. Vermutlich versuchte sie etwas zu reparieren. Doch als sie mich kommen sah, hörte sie damit auf, setzte sich neben mich auf eine der Holzstufen und hörte mir zu.

Der Religionsunterricht, in dem die unendliche Macht Gottes besprochen worden war, lag mir schwer auf dem Herzen. Wie blanker Unsinn kam mir das Gerede der Lehrerin vor, und ich fühlte mich von ihr belogen. Von ihr und von der ganzen Welt. Nur eben nicht von Agathe. *„Was ist Gott nur für ein kleines Licht!"* schimpfte ich. *„Von wegen große Macht!"*

„Er kann doch gar nichts! Und wenn, dann will er es nicht machen!" Ich musste mit einem Mal an all das Elend denken, an das Elend auf der Welt und an mein eigenes Elend. *„Nun ja"*, sagte Agathe ernst. *„Was die meisten nicht wissen – und wofür sie mich nicht gerade mögen, wenn ich es ausspreche- in der Tat ist er nur ein kleines Licht."* Ich sah sie wohl recht verwundert an. Mit so einer Antwort konnte man bei einem erwachsenen Menschen ja wirklich nicht unbedingt rechnen. Doch Agathe ließ sich nicht beirren. Im Gegenteil. Wie zur Bekräftigung fuhr sie damit fort weitere Nägel in die Veranda zu klopfen. *„Ein ganz kleines Licht ist er in einem Strudel aus Dunkelheit und Leid. Doch er ist das einzige Licht, das von Anbeginn an da war. Das einzige – selbst wenn*

es ein kleines Licht ist." Sie sah aufmerksam zu mir hin. *„Sag mal, kannst Du mir mal die Kiste mit den Nägeln reichen? Ich brauche noch ein paar mehr."* Schließlich, während sie auch noch die restlichen Nägel geschickt in das morsche Holz trieb, fasste sie ihre Weisheit für mich zusammen. *„Also"*, begann sie, *„es gibt da noch etwas, das man wissen sollte. Das hat mit dem Licht und mit einem selbst zu tun."* Einige Nägel mussten noch daran glauben bis sie weitersprach. Ich fand es, ehrlich gesagt, schon ziemlich bewundernswert, mit welcher Kraft und wilder Entschlossenheit eine so kleine Person das fertigbrachte. Sogar ich, mit meinen 13 Jahren, war deutlich größer als sie. *„Je näher du diesem Licht kommst, umso heller wird es, und die Kraft, die in diesem Licht wohnt, kann ebenfalls wachsen – zusammen mit dir!"* Sie sah mich ruhig an, dann fuhr sie fort: *„Gottes Macht hängt mit Sicherheit auch von der unseren ab. Unser Licht stärkt ihn –*

manchmal auch auf Umwegen." Sie machte wieder eine kleine Pause, dann fuhr sie erneut fort: „*Leichte Erklärungen gibt es hierfür nicht. Unser Verstehen ist begrenzt und morsch, so wie dieses Holz hier. Und einfach nirgends mehr Nägel…*". Laut seufzend und kopfschüttelnd betrachtete sie die Holzdielen. Ich sah sie offenbar fragend, möglicherweise sogar ein wenig begriffsstutzig an, und so fasste Agathe einfach nochmals alles für mich zusammen. Das konnte sie gut, denn eine ihrer allergrößten Stärken war ihre Geduld, abgesehen von der Fingerfertigkeit, mit der sie alte Holzdielen mit ein paar gezielt gesetzten Nägeln stabilisieren konnte, ihre Fähigkeit so genau zuzuhören oder ihre große Begabung im Umgang mit den Raben. „*Ich weiß nur, dass unser Licht ihn stärkt, die Abwesenheit unseres eigenen Lichts wiederum ihn schwächt. Seine Macht hängt also auch von uns ab und damit wie wir selbst mit Leid und mit dem Tod* umgehen, oder mit anderen Menschen, mit Tieren, mit der Welt eben." Ich nickte.

Irgendwie ergab das einen Sinn. Es klang nicht so theoretisch, nicht so gänzlich unglaubwürdig wie das, was die Religionslehrerin mir hatte weismachen wollen. Agathe sah mich an, nachdenklich wie so oft, um dann weiter zu sprechen: *„Doch was er ist, eben dieses kleine Licht – das ist wiederum mächtiger als zumeist angenommen."* Ich bemühte mich darum mir das bildlich vorzustellen. *„Er ist da, er ist ein Licht, und er wird immer da sein – umso heller, je näher man ihm ist. Er ist vielleicht auch ein Es oder eine Sie – darauf kommt es, glaube ich, nicht an."* Ich nickte. Das fand ich nämlich auch. Solche Dinge waren tatsächlich wohl eher nebensächlich. Agathe war auch hier einer Meinung mit mir. *„Doch das Licht, darauf kommt es an, und wir alle können es ein wenig größer machen mit unserem Leben."* Wieder nickte ich ein wenig und dachte gleichzeitig darüber nach, was sie gesagt hatte, was nicht einfach war, da sie manchmal schneller sprach als ich denken konnte. *„So ist es auch mit der Dunkelheit"*, fuhr sie fort und wurde ein wenig lauter, so als wollte sie ihre eigenen Worte nochmals bekräftigen. Richtig laut wurde es bei Agathe zwar nie, außer natürlich wenn Kinder bei ihr zu Besuch waren, oder aber wenn sie dabei war irgendetwas zu reparieren. Doch dieses hier war ihr wichtig, so dass sie mit einem Mal etwas lauter sprach als sonst. Gerade so als wollte sie damit sichergehen, dass es auch ja nicht überhört werden würde. Vielleicht lag es auch daran, dass es diesmal wie eine kleine Predigt klang. Doch nahm ich ihr es nicht übel. Wenn man von etwas so sehr überzeugt ist, darf man wahrscheinlich auch mal so klingen wie ein Prediger. *„Die Dunkelheit ist immer da. Von Anfang an. Niemand macht sie. Sie ist einfach da. Unsere Aufgabe ist es nicht danach zu fragen warum* sie da ist. Irgendwann müssen wir sie nur erhellen, das ist alles." Sie sagte das so, als sei es nicht besonders schwierig. Ich konnte mir noch nicht so richtig vorstellen, was sie damit meinte. Wie sollte das gehen? Mit riesigen Neonröhren oder sonstigen gigantischen Lichtquellen, Lampen vielleicht, oder einer Armee von Laternen? *„Weißt du"*, versuchte Agathe mir nun zu erläutern, *„im Leben eines jeden Menschen gibt es so eine Art Stern-Stunde. Vielleicht sind es aber auch eher so etwas wie Stern-Momente. Sie müssen nicht besonders lange dauern. Doch wirklich, auch wenn sie nur kurz in uns aufblitzen - sie sind wichtig. Es sind Momente, in denen des einzelnen Menschen Dasein dazu führt, das alles für eine Weile heller wird als sonst."* Unwillkürlich dachte ich an meine Mutter, an die erste Zeit mit ihr, an die ich mich noch erinnern konnte.

Wie sehr war durch sie damals alles so hell und warm gewesen. Ich erzählte Agathe davon.

Sie nickte. *„Ja, das gehört auch dazu. Und auch deine Erinnerung daran ist ein weiteres Licht, denn es ist wie ein heller Schatz, der in dir lebt."* Ich unterdrückte die Tränen, die in mir aufzusteigen drohten. Natürlich hätte ich vor Agathe weinen können, doch gerade jetzt wollte ich das nicht. Vielmehr wollte ich verstehen was sie meinte. Mit dem, was sie bisher gesagt hatte, konnte ich tatsächlich etwas anfangen, und offenbar fühlte sich Agathe dadurch ermutigt weiterzusprechen.

„Manchmal hat ein einziger Mensch viele solcher Sternstunden, manchmal wenige. Es kommt dabei nicht so sehr darauf an wie alt jemand geworden oder wie jung jemand geblieben ist. Nur diese Sternstunden, dieses Licht ist es, das zählt." Ein wenig klarer fand ich dies nun, und als Agathe noch sagte, dass jeder mit seinem Leben auf eine Weise dazu beiträgt, dass die Dunkelheit nicht mehr so undurchdringbar erscheint, wusste ich, was sie

meinte. Jede dieser Sternstunden trug dazu bei uns selbst zu stärken, aber auch das Prinzip des Lichts. Damit konnte ich tatsächlich sehr viel mehr anfangen als mit dem, was die Lehrerin im Religionsunterricht erzählt hatte. Aber so war es immer bei Agathe. Sie wusste einfach genau wie sie etwas erklären musste, damit ich es verstand. *„Jede einzelne Sternstunde zählt"*, fügte sie noch hinzu, „sie zählt *so wie ja schließlich letztlich auch jeder einzelne Mensch zählt und bleibt."*

Agathe wusste noch viel mehr. Das war einer der Gründe warum ich immer wieder bei ihr vorbeikam, bevor ich dann irgendwann, gegen Abend, wenn selbst die Raben nicht mehr ganz so aufgeweckt krächzten wie zuvor, schließlich nachhause ging. Vielleicht wusste sie so viel, weil sie so alt war. Vielleicht aber auch, weil sie wusste was Leid war. Am allerwahrscheinlichsten fand ich selbst aber meine Vermutung, dass es damit zusammenhängen könnte, dass Agathe bereits einmal tot gewesen war. Das war schon über neun Jahre her, also eine ziemliche Zeit. Aber dennoch. Für ganze zwei Minuten und immerhin 57 Sekunden war sie tot gewesen. Sie redete nicht gern darüber. Nur ab und zu erwähnte sie es. Vielleicht um zu erklären, warum sie die Dinge so sah, wie sie sie sah.

Agathe hatte nämlich seither auch keine Angst mehr vor dem Tod. Im Gegenteil, sagte sie. Seitdem war sie neugierig darauf wie genau es weitergehen würde. *Dass* es weitergehen wird, davon war sie sowieso überzeugt. Mich wunderte das nicht. Immerhin, wer konnte schon von sich selbst sagen, dass er bereits einmal für zwei Minuten und 57 Sekunden tot gewesen sei. Deswegen hörte ich bei ihr auch immer ganz besonders gut hin und versuchte zu verstehen warum die Lichter und das Licht bei ihr immer eine so enorm große Bedeutung erhielten. Das mit den Lichtern kam nämlich fast in jeder ihrer Erzählungen vor, und dabei wiederholte sie sich kaum. Es kam mir eher so vor als wäre ein besonderer Schatz in ihr, ein unermessliches Kaleidoskop, welches immer wieder neue Lichter und neue Sichten hervorbrachte. Einmal versicherte sie mir, dass es egal sei was man in seinem Leben mache – solange es nur etwas sei was dieses Licht ein wenig größer zu machen imstande wäre. Sie sagte, dass sich der Inhalt all dessen, was wir tun, ganz am Ende herauskürzen würde und nicht mehr wichtig sei. Wichtig, das betonte sie besonders, sei nur die Haltung, mit der etwas gemacht wurde. Ich erinnere mich daran, dass ich mit dem Wort nichts anfangen konnte. Die Haltung, das war für mich die Art wie sie mit ihrem Körper, der nicht groß genug für den Schaukelstuhl war, wie eine dünne Stoffpuppe mit den Beinen baumelte.

Also erklärte sie es mir nochmal. Sie sagte mir was sie unter Haltung verstand.

„*Man muss es mit dem ganzen Herzen tun, man muss davon überzeugt sein, und man muss daran glauben, dass das kleine Licht, selbst das kleinste, und flackernste noch, zu etwas führen kann.*" Dabei sah sie mich so ernst an, dass ich allein daran schon merkte, dass es etwas ganz Wichtiges sein musste. Wer Agathe kannte wusste nämlich, dass sie niemals einfach so ernst schaute. Meistens nämlich lachten ihre Augen und überhaupt die ganze Person. Alles an ihr schien dann zu lachen, zu funkeln und zu strahlen. Manchmal wusste ich nicht so genau was sie meinte – und gleichzeitig irgendwie schon. Ich verstand was sie mir sagen wollte. Es hatte auf eine Art auch mit meiner toten Mutter zu tun und damit, dass sie das Licht ebenfalls gesucht hatte. Dass sie es nicht dort gefunden hatte, wo es mir persönlich am liebsten gewesen wäre, bedeutete nicht, da war sich Agathe sicher, dass das gegen diese Theorie sprach.

Ich nenne es ganz sachlich eine Theorie, doch weiß ich, dass es für Agathe weitaus mehr gewesen sein muss. Aber ich schweife ab. Sie erzählte mir, dass es irgendwo einen großen Plan gäbe. Einen Plan den man nicht verstehen könnte, solange man hier auf der Welt sei.

Aber man würde ihn danach verstehen.

Dann würde man erst begreifen wie alles miteinander zusammenhinge, und dass alles, in der Tat, miteinander zusammenhinge.

„Viele Wege führen nachhause, wirklich viele", sagte sie nicht nur einmal.

Ich hätte mir dabei geradezu bildlich vorstellen können wie sie, mit ausreichend Nadel und Faden ausgerüstet, genau diese Worte auf ein Stück Stoff stickte, um es dann eingerahmt im besten Zimmer des Hauses aufzuhängen. Aber da Agathe sich ja ohnehin zeitlebens meistens draußen oder im Flur, wo das Klavier stand, aufhielt, habe ich das beste Zimmer ihres Hauses niemals gesehen. Den Spruch konnte ich mir ohnehin auch so merken. Dafür war keine Stickerei nötig. Obwohl ich manchmal gern etwas besessen hätte, das mich auch materiell an Agathe erinnert hätte. Etwas, das man richtig anfassen konnte, so wie ein Bild, eine Stickerei oder irgendetwas, das einmal ihr gehört hatte und ihr wichtig gewesen war.

Doch dann wieder wusste ich, dass ich so etwas niemals brauchen würde, um mich tatsächlich an sie und an das, was ihr wichtig gewesen ist, erinnern zu können.

„Viele Wege führen nach Hause". Daran würde ich mich immer erinnern und auch daran, was sie noch dazu gesagt hatte. *„Manchmal ist es nicht der bequemste Weg – und oft ist es auch nicht der, den wir uns selbst ausgesucht hätten – ja, das nun wirklich nicht."*

Sie seufzte erneut ein wenig.

„Alte Leute seufzen oft", dachte ich mir noch. Doch bei ihr störte es mich nicht sehr, da sie mindestens ebenso oft lachte. Agathe, die ja scheinbar gut reden hatte, da sie selbst schon so alt war, sagte auch, dass es am Ende nicht wichtig sei, ob ein Mensch kurz gelebt habe

oder lang. *„Manche Menschen sind einfach nur lange da"*, sagte sie einmal, wieder sehr nachdenklich, um dann aus der ernsten Miene ein Lächeln heraus zu zaubern, wie es nur Agathe vermochte.

„Doch das, was wir weitergeben können, das Licht – dafür braucht es nicht unbedingt ein langes Menschenleben, oder?"

Ich wollte es unbedingt wissen. Schon allein wegen meiner Mutter.

Sie überlegte kurz, schließlich fuhr sie fort: *„Man hat nur vielleicht mehr Gelegenheiten"*, meinte sie schließlich. *„Doch muss das nicht bedeuten, dass man sie auch nutzt."*

Nach einer kleinen Pause ergänzte sie: *„Viele jedoch, die nur wenig Zeit hatten, nutzten sie ganz wunderbar."* Sie versank nun in eine ihrer Erinnerungen.

Das kannte ich bereits. Ich wusste, dass Agathes Tochter schon früh gestorben war, und ich wusste auch, dass Agathe manchmal, obwohl sie schon so eine alte Frau war, mit der Puppe ihrer verstorbenen Tochter spielte. Nicht nur das.

Es gab auch noch ein altes Spielzeugpferd, das auf der Veranda stand. Doch die Puppe gefiel Agathe offenbar noch mehr. Sie zog ihr Kleider an, und manchmal sprach sie mit ihr und hielt sie im Arm, ganz genauso wie kleine Mädchen mit ihren Puppen spielen. *„Weißt du"*, sagte sie dann − *„gerade durch meine Tochter habe ich genau das gelernt. Sie war nicht lange da − doch lange genug, um mir eben dies beizubringen."* Das glaubte ich ihr auch, und dennoch blieb es merkwürdig, dass sie mit der Puppe spielte, die sie Annie nannte, so wie der

Name ihrer kleinen Tochter gewesen war.

Einmal, es war ihr letzter Winter, half ich Agathe dabei einen Wald-Weihnachtsbaum zu schmücken. Es sei seit vielen Jahren ihr erster, hatte sie mir berichtet. Ein Waldarbeiter hatte ihn ihr geschenkt.

Der Baum war nicht besonders groß und auch ein wenig krumm. So wie Agathe selbst, fand ich. Doch gesagt habe ich natürlich nichts.

Vielleicht hätte sie sogar über den Vergleich gelacht, aber ich wollte sie nicht kränken. Sie stellte ihn, so wie es zu ihr passte, nicht ins Haus. Er stand bei den Kürbissen vor dem Haus, und sie schmückte ihn mit echten, weißen Kerzen. Diese waren noch nicht angezündet, als sich die Raben in der Nähe niederließen, offenbar hellauf begeistert von den nun so zahlreichen, glitzernden Silberkugeln, denn Kiara, die schöne Kiara mit den großen Augen, kam nahe genug heran, um sich ausgiebig in einer dieser Kugeln zu spiegeln. Hinterher, als die Kerzen dann leuchteten, und die vielen verzierten Silberkugeln ihr besonders helles Licht wiedergaben, sah man sie nur noch vorsichtig von weitem, wie sie alles im Auge behielten. Sehr neugierig, wie sie nun einmal waren, beobachteten sie, und das war völlig unüblich, *schweigend* das Geschehen.

Sie hatten Stil, soviel stand fest.

Ich muss sagen, dass es wirklich etwas ganz Besonderes war, dieser Weihnachtsbaum von Agathe, der draußen auf der Veranda in der Dunkelheit ein so märchenhaftes Licht auf alles warf, und den Wald in etwas verwandelte, das man nur bei ihr und durch sie so je gesehen hatte. Dieser kleine, krumme Baum erhob sich nun also in seinem Leuchten und erhellte alles mit einem so warmen Licht, welches aus Agathes Augen zu mir zurückfloss wie etwas Warmes, Helles und Gutes, wie etwas, das mir das Gefühl gab, dass auf eine rätselhafte Art alles gut werden würde.

Gerade deshalb, weil sie nicht so war wie alle anderen, fragte ich sie ständig etwas.

Normalerweise bin ich niemand, der anderen beinahe ein Loch in den Bauch fragt, aber bei Agathe war das anders. *„Was ist denn nun eigentlich der Sinn von dem Ganzen?"*, wollte ich einmal von ihr wissen. *„Den ganzen Sinn"*, antwortete mir Agathe, *„den können wir nicht immer sehen, wenn wir noch hier auf dieser Welt sind."*

Sie war davon überzeugt, dass es nötig sei zu fliegen, ein ganzes Stück nach oben, um sich das Leben von oben her anzusehen.

Erst dann, das versprach sie mir, würde ich alles verstehen. *„Auch wenn du den Sinn nicht siehst"*, versicherte sie mir. *„Er ist da"*.

Vielleicht, auch das gab sie mir zu bedenken, reiche es im Leben sogar bereits aus darauf zu vertrauen, dass der Sinn da war – ob er nun zu sehen war, zu erkennen oder nicht. *„Manche Dinge kann man auch spüren, selbst dann, wenn man sie nicht sieht."* Ich legte meinen Kopf in den Nacken und sah nach oben. *„Vertraue einfach darauf "*, sagte sie mit einer solchen Überzeugungskraft in der Stimme, die in mir weiterschwang und in mir eine Sicherheit entfaltete, mit der ich zuvor niemals gerechnet hätte. Ich dachte an den Wald mit seinen Raben und an alle, die schon auf dieser Welt fliegen konnten.

An diesem Tag gab es nichts, das ich lieber getan hätte, als durch den Wald zu laufen, um einige von ihnen zu sehen.

Und dann, es war nur ein kurzer Gedanke, hätte ich mich bereits an diesem Tag nicht gewundert Agathe unter jenen zu sehen, die schon zu Lebzeiten die Fähigkeit besaßen zu fliegen. Ich dachte mir an jenem Tag auch, besonders wegen der Sache mit der Puppe Annie, dass die meisten Menschen Agathe wohl für eine Verrückte halten würden. Doch ich selbst fand sie nicht verrückt. Ganz und gar nicht. Selbst in ihren letzten Tagen nicht, an denen sie ein wenig verwirrt wirkte und mir vom Sinn des Lebens erzählen wollte. Vielleicht hätte ich sie nicht schon wieder danach fragen sollen, vor allem nicht in ihrem Zustand. Sie war ganz zittrig und blass, fast durchscheinend, so wirkte sie dadurch noch viel zerbrechlicher als sonst. Doch etwas in mir warnte mich, dass sie nicht mehr lange bei mir sein würde. Es war so ein Gefühl, eine Angst, eine aufkeimende Trauer, etwas, das mich warnen wollte nicht zu warten.

Ich glaube, dass ich deswegen einfach fragen musste. Wer sonst außer Agathe hätte mir eine Antwort geben können?

Es schien mir jedoch so, als könne sie mit dem Wort plötzlich gar nichts mehr anfangen.

So als hätte es seine Bedeutung zwar nicht verloren, aber doch gewandelt.

„Der Sinn….der Sinn…." Agathe dachte ein wenig nach.

„Ich kannte den Sinn früher einmal, als ich alt war oder jung oder am Beginn eines neuen Lebens….mmmh."

Sie seufzte. *„Doch ich habe ihn vergessen."*
Für einen Moment hatte sie völlig ratlos ausgesehen.

„Er fällt mir wieder ein", hatte sie versprochen. *„Irgendwann, dann, wenn ich nicht damit rechne."*

Ich hatte Agathe daraufhin ein klein wenig ermunternd zugelächelt. Vielleicht half das ja beim Erinnern. Und tatsächlich:

„Ich glaube einmal, ja, da ist es mir wieder eingefallen für einen kurzen Moment.". *„Wann war das?"*, wollte ich wissen.

„Das war an einem der Abende, die manchmal sehr dunkel sein können, dunkel und einsam. Ich saß auf der Veranda, und ich wusste gar nicht mehr warum ich das tat. Warum ich da saß und überhaupt. Doch dann blickte ich durch die ausgehöhlten Augen des Kürbisses auf der Veranda hindurch, jene, die mich anblickten, mir aber nichts zurückgaben oder spiegelten. Alles dunkel, doch dann gab es da dieses kleine Licht – auch wenn das alles ist, was man sieht. Nur dieses kleine Licht. Das Licht als das Symbol der Hoffnung, der Abglanz

dessen, was uns alle dereinst erwarten wird."
„Sie spricht heute so komisch", hatte ich gedacht. *„So komplett altmodisch".*

Außerdem klang es, ehrlich gesagt, schon etwas verrückt, und sie sprach plötzlich ohne Pause und Ende, dabei wirkte sie doch so schwach. So als könnte sie eigentlich nur noch mit Mühe etwas sagen. Und dann diese vielen Worte, gespickt mit großen, alten Worten, die nicht leicht zu verstehen waren.
Und trotzdem verstand ich gut was Agathe meinte.
Manchmal brauchte es hierzu nicht einmal die gleiche Sprache.
Agathe sagte auch etwas, das heute noch in mir nachhallt; vielleicht ganz besonders auch deswegen, weil es so kurz vor ihrem Tod war.
Sie erzählte leise. *„ Ich sitze oft hier auf der Veranda mit den Kürbissen, und manchmal ergibt nichts mehr einen Sinn. Ich weiß dann nicht mehr wozu ich hier bin, wozu ich hier war"*, sie seufzte: *„und überhaupt."*
„Vor allem wenn ich allein bin, und sich das Alleinsein schlimmer anfühlt als alles andere.

Doch dann sehe ich, dass am Ende alles gut werden wird." Es war schön wie sie das sagte.

„Du wirst sehen - es wird auf eine Art gut, die uns dann, am Ende, ganz und gar selbstverständlich erscheinen wird. Es ist der Sinn, den wir jetzt noch nicht sehen, aber auf den wir vertrauen können."

Nun wurde sie wieder ruhiger und sah tatsächlich noch müder aus als zuvor.

Ich bereute es ein wenig sie so angestrengt zu haben. Doch mit dem, was sie gesagt hatte, damit konnte ich etwas anfangen.

Eine innere Stimme hatte mir selbst auch schon einmal so etwas Ähnliches gesagt. Es war nichts, was sich leicht in Worten ausdrücken ließ. Vielmehr war es so etwas wie ein Gefühl.

Ein Gefühl, welches von weit her kam. Von weit her und doch zugleich von einem Ort, der seltsam vertraut zu sein schien. So als sei es ein längst vergessenes Zuhause.

Aber so etwas erzählte man doch besser niemandem. Niemandem außer Agathe.

Da konnte man sicher sein, dass sie es auch

verstand. „*Einmal*", erzählte Agathe an einem ihrer letzten Lebenstage, „*es war nachmittags an einem kalten Januartag. Ich lag im Bett, und plötzlich träumte ich, dass ich ein Kind sei, und dass dies der besondere Mittagsschlaf vor dem Heiligabend wäre.*" Sie schwieg eine Weile, dann fuhr sie fort: „*Der Mittagsschlaf vor dem Heiligen Abend war immer das Schönste des ganzen Jahres für mich. Meine Mutter, mein Vater, ein älterer Onkel, die Großeltern, unser Hund Asko und die Tanten schwirrten im Haus umher. Meine drei Cousinen schliefen auch, warm eingepackt. Alles roch so gut, und in mir war diese riesige Vorfreude auf das Fest. Es war der schönste Augenblick des ganzen Jahres.*" Ich weiß noch, dass ich genickt hatte. Ich konnte mir das gut vorstellen.

Agathe als ganz kleines, geradezu winziges Mädchen (sehr viel größer ist sie ja nämlich auch später nicht geworden), das Haus, die Lichter, all die umherschwirrenden Menschen mit ihren Vorbereitungen auf das Fest.

„*Dann*", fuhr Agathe fort, „*wachte ich auf. Ich war alt, klamm und klapprig. Um mich her war kein Licht, keine Wärme. Es war ein kalter, grauen-haft dunkler Januartag. Weihnachten war längst vorbei, und all jene, von denen ich geträumt hatte – alle miteinander waren sie schon fort. Lange vor mir gestorben. Als ich erwachte und dies begriff, war es furchtbar. Am Anfang."*

Sie sah mich traurig an, so als sei sie soeben ganz unsanft an etwas erinnert worden.

Schließlich fing sie sich wieder ein wenig und sprach weiter. *„Doch mit einem Mal wurde mir klar, dass mein Sterben so sein würde.*

Ganz genauso. Wie mein Mittagsschlaf vor dem Weihnachtsfest. Und alle würde ich danach wiedersehen. Alle." Eine Vorfreude lag auf Agathes Gesicht. Es war eine solch große Freude, dass ich tatsächlich an Weihnachten denken musste. Ich erinnere mich genau daran, dass ich mich mit einem Mal etwas näher zu Agathe gesetzt hatte.

Vielleicht weil ich plötzlich ein wenig Angst vor dem unabwendbaren Tag verspürte, an dem Agathe nicht mehr hier bei mir sein würde.

Doch die Freude im Gesicht dieser alten Frau,

die mir so wichtig geworden war, wuchs und wurde stärker als meine Angst, und am Ende dachte ich nur noch an Weihnachten und an das, was mir, als meine Mutter noch gelebt hatte, daran auch immer am meisten gefallen hatte. Die Vorfreude.

An den Tagen nach Agathes Tod, an dem ich manchmal sehr böse auf sie war, weil sie mich allein gelassen hatte, konnte ich nicht mehr an diese Vorfreude denken. Ihr Tod hatte sich mit dem unbegreiflichen Tod meiner Mutter verbündet, und doppelt schwer und trostlos hing dieses Gewicht nun in mir. Wie ausgelöscht war jedes Gefühl, kahl wie ein Weihnachtsbaum, den einfach jemand vergessen hatte zu schmücken oder zumindest zu entsorgen. Denn der trostlose Weihnachtsbaum in meiner Phantasie nadelte bereits. Ohne Schmuck, und nicht einmal mehr grün war er. Nur noch ein braunes, dünnes Skelett, das ohne Leben war und ohne Freude. Er war wie ich. Für eine lange Zeit. Genau kann ich nicht sagen wann sich das wieder änderte. Vielleicht dauerte es einen Winter lang, wahrscheinlich eher zwei oder drei, denn niemals mehr wieder habe ich einen Menschen wie Agathe getroffen.

Ich weiß nicht, ob ich daran glauben kann sie wirklich wieder zu sehen, sie, oder meine Mutter. Ich weiß, Agathe wäre empört zu erfahren, dass es auch nur eine einzige Sekunde gab, in der ich daran zweifeln konnte. Menschen wie sie durfte man nicht mit solchen Gedanken aufregen. Soviel war mir schon damals klar. Und wahrscheinlich ist es damit zu erklären, dass ich seither in jedem Jahr einen Weihnachtsbaum geschmückt habe. Meistens blieb er bis Ostern bei uns. So wie Agathe es nie geschafft hatte ihre November-Kürbisse wegzuräumen, so konnte auch ich mich sehr schwer von meinen Weihnachts-bäumen trennen.

Meine Familie hat mich mehr als einmal damit aufgezogen, und an einem Tag wollten meine Kinder niemanden mehr ins Haus lassen, weil es ihnen peinlich war, dieser Weihnachtsbaum zu Ostern.

An diesem Tag erzählte ich ihnen zum ersten Mal von Agathe, denn ich fand, dass sie nun alt genug waren, um zu erfahren warum man sich manchmal so schwer trennen kann.

Von allem, was schön ist, was einem Licht gibt und ein wenig Freude.

Ich wusste zuerst nicht, ob meine Kinder das verstanden haben. Doch dann begannen sie immer wieder nach Agathe zu fragen, auch nach Kieran, Krakan, Korax und Kiara, den Raben, die mich damals zu ihr geführt hatten, und ich musste ihnen von ihr erzählen. Von ihrer Veranda, auf der ihre Kürbisse standen neben ihrem Stuhl, von den Raben im Wald, die so sehr aneinander hingen, und die auch Agathe ausgiebig betrauert hatten. Agathe schien meinen Kindern offenbar wie ein Zauberwesen, so genau wollten sie alles von ihr wissen. Je mehr ich von ihr erzählte, desto mehr erschien sie auch mir schließlich wie dieses fabelhafte Zauberwesen, doch das war sie natürlich nicht. Sie war ein Mensch. In einem gewissen Sinn hat sie das Leben ein wenig für mich verzaubert, und möglicherweise wurde sie daher von meinen Kindern in diesen Stand erhoben. Schließlich brachten sie mich auf die Idee kleine Raben aus Papier an unseren Weihnachtsbaum zu hängen. Von diesem Jahr an fehlte niemals auch nur ein einziger Rabe an unserem Baum. Meine Kinder nannten ihn seither nur noch *Agathes Weihnachtsbaum,* und es störte sie noch nicht einmal mehr, wenn er lange über seine Zeit noch in unserem Zimmer stand, denn es war kein geringerer als *Agathes* Weihnachtsbaum. Mit den Lichtern und nun auch den Raben brachte er so viel Gutes in unser Zuhause. Ebenso wie Agathe damals so viel Gutes in mein Leben gebracht hatte. Oft denke ich darüber nach, dass ich unsere Bekanntschaft einem Raben zu verdanken habe. Einem Tier, dem in unseren Gefilden nicht viel Gutes nachgesagt wird. Zu Unrecht in so vieler Hinsicht. Wie sehr kann man sich doch irren, wenn man nur auf das hört, was andere sagen, oder wenn man aufhört selbst genau hinzusehen oder hinzuhören.

Auch das habe ich durch die Begegnung mit Agathe gelernt. Diese Dinge hat sie niemals ausgesprochen, doch allein ihre Art, so wie sie war, hat es mich gelehrt. Wenn ich von ihr erzählte, fühlte ich mich unendlich reich, beschenkt durch die Tatsache, dass ich sie gekannt hatte.

So deutlich sehe ich sie vor mir.

Noch immer weiß ich nicht, ob ich daran glauben kann sie wiedersehen zu dürfen.
Doch sie hat mir etwas geschenkt, das mich seither begleitet.

Als sie mir einmal gesagt hatte, dass es der Dunkelheit viel leichter fiele sich auszubreiten, weil hierfür viel weniger Energie vonnöten sei; es also geradezu ein automatisches Natur-gesetz sei, wonach sich die Dunkelheit sehr viel tiefer, sehr viel schneller ausbreitet, als es dem Licht möglich wäre; dass aber, umgekehrt nur ein einziges Licht genüge, um die Dunkel-heit weniger dunkel zu machen und damit als komplette Dunkelheit sofort auszulöschen, dann muss ich sagen, dass sie für mich eines dieser Lichter gewesen ist.

Auch in den härtesten und dunkelsten Stunden

meines Lebens war sie immer bei mir.

Wenn ich nämlich an ihre Gewissheit und an Vorfreude dachte und denke, dann fühle ich mich davon mitgetragen.

Mitgetragen in der mit einem Mal in diesem Jahr so fest gewordenen Gewissheit nicht an einem kalten Januartag im Nirgendwo zu erwachen, sondern ganz kurz vor Beginn eines Weihnachtsfestes, umgeben von allen, die ich je geliebt habe.

Das Weihnachtskonzert

Ich erinnere mich an eines der Konzerte, welches zu Weihnachten gegeben wurde. Draußen herrschte ein entsetzliches Schneetreiben, und ich war mir nicht sicher, ob überhaupt viele Menschen kommen würden. „Konzert bei Kerzenlicht"- so war es angepriesen worden, zudem gab es Tee und Kuchen. Helfer hatten alles vorbereitet und sogar Decken in der Kirche, die zugleich als Konzerthaus diente, ausgelegt. Nötig wäre es nicht gewesen. Diese Kirche war zumeist warm; ein umsichtiger Architekt hatte offenbar rechtzeitig darauf geachtet. Nervös saßen ich, der Klarinettist und die junge Frau mit dem Fagott neben dem Altar, ich direkt neben dem mir zugedachten Konzertflügel, der eine recht großzügige Leihgabe eines reichen Musikliebhabers war, und der sich durchaus nicht hinter den Klängen der Silbermann-Orgel verstecken musste. Doch sie sollte heute schweigen. Nur wir sollten im Vorderbereich der Kirche mit unseren Klängen für eine möglichst festliche Stimmung sorgen. Doch würde wirklich jemand kommen? Wären die Proben der letzten Tage nur eine l´ art pour l´ art- ohne jemals für den Zuhörer aufgeführt zu werden? „Sie glauben wirklich nicht wie viele Menschen gerade an Weihnachten absolut niemanden haben", beschwor uns der Pfarrer nachdrücklich. „Sie werden kommen, bei jedem Wetter!". Ja, ein Pfarrer musste wohl so optimistisch sein. Uns aber fiel es zunehmend schwerer. Wir waren uns — nach wie vor - nicht sicher, tranken etwas Tee und versuchten unsere Nervosität taktiererisch voreinander ein wenig zu ver-stecken. Die Kirchenglocken erklangen nun in vollem, weichen Klang - von jeher, wie ich finde, ein sehr beruhigendes, friedliches Geräusch. Dann ein kalter Windstoß, die Tür öffnete sich und schloß sich für eine ganze Zeit nicht wieder.

Der Pfarrer schmunzelte, leicht selbstzufrieden mit sich und seiner Vorhersage vor sich hin. Menschen strömten in solch großer Menge hinein, wie es sich keiner von uns vorgestellt hätte. Wir warteten bis nach dem Viertelschlag der Kirche, dann begann unser Konzert. Viele Menschen waren erschienen und saßen nun, abgekämpft durch den Weg, noch steif und unbehaglich auf ihren Plätzen. Der abtauende Schnee verwandelte sich zu kleinen Pfützen zu ihren Füßen. Die Gesichter, obgleich ich versuchte mich auf das Spiel zu konzentrieren, erschienen mir starr, wie eingefroren. Doch als wir spielten, da änderte sich etwas.

Noch dauerte diese Metamorphose, doch beobachtete ich sie in all ihren Nuancen und Facetten. Nachdem wir gut eine Stunde im Schein der Kerzen gespielt hatten, war das Starre aus den Gesichtern der Menschen gewichen und hatte etwas Anderem Platz gemacht. So etwas wie ein Leuchten lag nun auf ihren Gesichtern und verdeutlichte mir – einmal mehr- warum ich diesen Beruf ergriffen hatte.

„Frieden sei mit Euch!", murmelte der Pfarrer. Doch dieser Frieden bedurfte seiner Worte nicht.

Oft schon hatte ich, in der Vergangenheit, gedacht, dass ich nur für den Einen spiele- oder für die Eine.

Für die Eine im Publikum, die meine Musik wirklich versteht. Ich bin mir der Tatsache bewusst, dass dies arrogant klingen könnte, doch ist es durchaus nicht so gemeint.

Nur manchmal, wenn ich mich des Eindrucks nicht mehr erwehren konnte, dass viele der Zuschauer nur deshalb zu einem Konzert gingen, um dort gesehen zu werden, um sich einer bürgerlich- gebildeten Schicht zugehörig zu präsentieren oder um der Einsamkeit eines verregneten Sonntages zu entkommen, da hatte sich mir zuweilen ein solcher Gedanke aufgedrängt.

Doch heute war es anders. Heute spielte ich, spielten wir, für alle hier in diesem Raum. Der Sturm indes wurde immer lauter, immer unüberhörbarer. Mit unseren Instrumenten, mit den Kerzen und selbst mit dem Weih- nachtsbaum, der neben der Kanzel stand, versuchten wir davon abzulenken. Es gelang uns eine ganze Weile, doch gegen Ende des Konzerts mussten wir uns der Tatsache geschlagen geben, dass die Geräusche der Natur bedrohlich und laut sogar bis in unseren so geschützten Bereich vordrangen.

Ich konnte mir nun beim besten Willen nicht mehr vorstellen wie all diese Menschen bei diesem Wetter unbeschadet zu sich nachhause kommen sollten. Was wäre mit dem Leuchten in ihren Gesichtern, dem Frieden in ihren Herzen?

Nun, das wäre wohl sogar noch das Geringste. Auch der Pfarrer, der sich bisher, im Gegensatz zu seiner sonstigen Art, sehr im Hintergrund gehalten hatte, wurde unruhig.

Es mag eine Art Berufskrankheit sein oder ein Stereotyp, doch der Pfarrer sorgte sich wirklich um all diese Menschen, die gekommen waren, um in seiner Kirche dem Weihnachtskonzert zu lauschen. Nachdem wir das letzte Stück beendet hatten und der Beifall verebbt war, stieg der Pfarrer auf die Kanzel und schlug vor in der Kirche zu bleiben, bis das Schneetreiben nachgelassen habe.

Er verwies auf die Decken, den Kuchen und den Tee.

Die Helfer- und Helferinnen schwärmten auf dieses Stichwort hin aus, um die Audienz zu versorgen.

In dieser Nacht blieb dieses Ruhige, Friedliche, Helle.

Es wurde nicht durch die Hast des Aufbruchs verwischt. Wieder spielten wir.

Diesmal klatschte niemand, doch nicht, weil es den Menschen nicht gefallen hätte.

Es war so als hätten sie begriffen, dass dieses Klatschen im Grunde alles zerstört.

Soll es wohl eine Art Währung sein, ein Respekt, welcher dem Interpreten gelten soll, und doch eigentlich der Musik gehört.

Der Musik selbst, die ihre Klänge nicht durch so etwas wie das rhythmische, häufig lauter und lauter werdende Zusammenklatschen einer Vielzahl von Händen, in einem geradezu unheilvollen Crescendo, verzerrt und entstellt hören möchte. Ihr Echo muss die Stille sein. Das intime Miteinander-Lauschen.

Das Verhallen-Lassen der letzten Töne.

Wir verschmolzen mit dem Publikum. Indem man uns nicht mehr beklatschte und somit als „die Anderen" von sich abhob, wuchsen wir in diesen Momenten aufeinander zu, wuchsen zusammen.

Dies ist für jeden Musiker, für jeden, der exponiert auf einer Bühne steht, etwas ganz Besonderes.

So wurde dies für uns alle unsere stille, unsere heilige Nacht.

Normalerweise halte ich mich mit solcherlei Zuschreibungen zurück. Ich bin Musiker und nun mal kein Pfarrer.

Vielleicht spreche ich aber auch gerade aus diesem Grund ausnahmsweise für ihn. Er saß vergnügt zwischen den Menschen, viele Mitglieder aus seiner Gemeinde waren unter ihnen, und- in dieser Nacht- durfte er einfach einer von ihnen sein. Er sah um Jahrzehnte jünger aus – und um Jahrzehnte glücklicher. Ich denke, dass die Verantwortung dieses Postens schwerer wiegt, als man es sich gemeinhin vorstellen kann. Offenbar war ich nicht der Einzige, der so dachte. Wir Musiker sahen uns an, verstanden uns wortlos, und spielten das allerletzte Stück dieser Nacht für ihn. Gesagt haben wir es ihm natürlich nicht. Die Heilige Nacht hat von jeher etwas Geheimnisvolles. Und so wollten wir es auch in diesem Fall traditionell dabei belassen. Langsam verklangen die Töne, während das Leuchten auf den Gesichtern blieb. Es war eines meiner feierlichsten Feste, eine meiner berührendsten Erinnerungen als Musiker. Agathe habe ich auch gesehen – vor meinem geistigen Auge allerdings. Ihr Strahlen, doch wen wundert das, war nicht zu übersehen.

Schneegeister

Schneegeister sausen vor dem Baum

mit klammen Röcken, raubedeckt

Eisschwerter geschwungen wie im Traum

dabei den klirrend Mund gebleckt

mit zart geschliffnem Schrei, doch leiser

Geister nur, Mann, Frau und Kind

Die kalten Schöße heulen heiser

Kosaken gleich im Wirbelwind

Leben

In kaltem Winteratem

leise von uns weg

erstarkt ganz still

die Bewegung

hin

zum Leben

Schnee-Riesen

Schnee-Riesen hoch auf Waldes Flur,
Leben nun- so seht es nur!
In der Nacht einfach geboren,
Und im Schnee steh´n nun verloren
Wir.
Kein Mensch hält uns an seiner Hand.
Nur weiße Riesen überall -
Schnee schlucket jeden Ton und Schall.
Stumm stehn sie da, so wie erstarrt.
Auge, hast´ mich hier genarrt?

Ohr, was willst du mir nur sagen?
Gerad´ vernahm ich leises Klagen.
Mir scheint als wollten sie gar sprechen,
bevor die Last sie mag zerbrechen.
Zu schwer scheint sie, die weiße Wand,
Schnell ergreif´ ich seine Hand.
Die des ersten weißen Riesen,
Doch eisig stößt er sie zurück.

Ja, die Riesen sich verwahren,
Bleiben stark seit all den Jahren.
Werden und vergehn auch wieder,
Doch der Baum, der sie getragen,
Manchmal scheint´s als wollt er wanken
Unter all der schweren Last.
Wollt mit denen gleichsam zanken,
Die den Schnee auf ihn geladen.
Zuweilen in so großer Hast.
Unter jenem weißen Kalt
Fühlt gebeugt er sich und alt.
Mehr noch: Ist ein anderer nun-
Nicht *nur* er selbst.
Die weiße Schicht, er hört es schon,
Flüstert, knarzt mit fremdem Ton
Als spräch´ ein Riese mit Bedacht.
Und so kann er hoffen nur auf eine and´re
Winternacht.